歌集

ポストの影

小島熱子

砂子屋書房

＊目次

装本・倉本　修

歌集　ポストの影

ポストの影

朝の儀式のベッドの上の体操にティンカーベルがふいに乗りたる

「なごり雪」ワイン飲みつつおんおんと泣きて聴きゐるわれにおどろく

「お元気で」ありふれしことばに別れたり花水木のした黙し帰りぬ

ポストの影あはく伸びたるコンビニまへ春の愁ひが溜まりてゐたり

どうしてもといふにあらねど見にゆきぬ老女がヒロインのポーランド映画

浴槽にデフォルメされたる痩身のパーツしづけし薄明のなか

たのめなき留守居のひと日頭陀袋にほのあかりすることばをしまふ

香ばしき穴子しんみり舌に溶け春のねむたき空はてのなし

雲のかげゆるらに過りゆく庭に虎耳草《ゆきのした》の浅き根を抜きてをり

橋の名を四つ唱へて水を飲むしやつくりどめの呪《まじな》ひをせり

お使ひの母の帰りをいもうとと待ちてゐたりき　今も待つ何か

あんず咲き二階に本読む夫のゐてはるのひぐれは嘉《よみ》されてゐむ

はるの空みあげてしばしかんがへる人間《ひと》の一生《ひとよ》の晴天の日数

五月の日が庭の紫蘭にふりそそぎ死者をはなれてわれは在らなく

われよりも丈長き影が蹤きてくる年齢不詳のピエロのごとく

うち重なるレジ袋あまた雨にぬれ塵芥《ごみ》集積所さむく勢ふ

ひかうきぐもを象嵌したる空のした咲ききはまりぬ白き牡丹は

ていねいにローズソープにゆび洗ふ学都コインブラにゆきたき朝

木洩れ日の揺るるを見つつおもひをり失くしてしまつた『フィレンツェだより』

「そのときはたぶんゐない」のそのときがじわりふえゆく　樟の木が鳴る

青信号が街のはてまでつらなりぬピアノソナタのやうにさびしく

デパートのイート・インにて麦酒のみしばし壺中に棲みゐる心地

あの角の垣根の花はアベリアと決めて歩みぬアベリア知らずて

過ぎてゆく時間のなかの昼食に黄身もりあがる玉子かけごはん

馬の腹

春の芽のやうにをさなご現れて坂道におごそかな咳ひとつせり

わが額に白を刻印するごとく辛夷の花がひとつ咲きたり

「ひるのいこい」に「高校三年生」流れきて春のカウンターに拉麺啜る

ポルトガルの切手抽斗にしまはれてエンリケ王子のとはのほほえみ

「蒔かぬ種は生えぬ」と中里恒子書きし万年筆の太き文字おもふ

ヤマギシの移動販売車に会ひゐしひと親住む相馬に移りてゆけり

ニセアカシアかすかににほふ札幌の街の空間はればれとして

銀太の曳く観光幌馬車にゆく街にふはりふはりと柳絮とびかふ

銀太かつて輓曳競馬に出たりしと　体重1トンただおとなしく

馬の腹にうまれてはじめて触れたれば思ひもかけず涙こぼれつ

シードパール

部屋も夫も若葉の反照に包まれて清《すが》しかりけり「在る」といふこと

ぎんいろに葉裏ひからせ樟の木が有袋類のやうにそよぎぬ

アンティークのシードパールの首飾りたのめなき老を際立ててをり

「蕁麻疹」の文字が箒にまたがれる魔女のごとくに迫りてくるも

みどりごは虫笑ひして眠りをり春のまひるのそこぬけの寂

ゆりの木通りの循環バスの停留所に子をおぶひたる女降りゆく

トルコ桔梗冷気を吸ひてしづかなり歯科待合室に昼は更けつつ

坂道にドットつぎつぎ現れてわれもたちまち白雨の最中《もなか》

湖に向くホテルに青き「レイク・ブルー」あくがれを飲むごとくにのむも

「誰そ彼」と聞こえたやうな　むらさきの五寸あやめが暮れてゆきたり

ウフィーツィにプリマベイラを見たる日の羅《うすもの》に触れし風か　身を過ぐ

鰡待ち櫓

なぎはてる海は秋陽を吸ひ込みて鰡待ち櫓しんとあるばかり

のと鉄道の車窓のむかういちめんに背高泡立草の黄の帯

大釜に煮る海水はあめいろを湛へて黙す能登塩畏《かしこ》し

木の鑑札つるして雨の朝市に輪島のをんなの鰈売るこゑ

みどり濃き檜葉に盛りたるこしつよき蕎麦をすすりぬ門前町に

運転手の問ひに老婆の応へゐる能登弁ぬくし雨の路線バス

グレゴリオ聖歌

ゆずすだちかぼすひきつれ冬が来るついでにうつつの凹凸も連れ

口蓋垂《のどちんこ》みゆるまで大きなあくびするをんなを乗せて電車は走る

あさなさな挽くモカマタリの香の著しサラマンダーは棲まはせず来て

追焚きランプ点る湯舟に聞いてゐるグレゴリオ聖歌のやうな雨音

「いいわねえ」フェークの質感ありし声おもひ出しをり狗尾草《えのころ》に触れ

やはらかきひかりのなかに頬杖をつけば面映ゆき記憶がよぎる

クラナッハの女の眼が冬靄のなかよりずんずん近づいてくる

聞いてゐるやう聞いてゐぬやう

軽トラックにプロパンガスのボンベ積む男がひとりアパートの裏

フリースの手ざはりやさしきこの軽さ派遣社員の姪をおもひつ

おべんたうが食べたいなあと温き日の差す枯原に亡き母とふたり

洎夫藍色の雲浮くひぐれ冬大根ほのあかりしてキッチンの隅

ぬばたまの夜の銀行の三階の塾に吸はれゆく小学生ふたり

有ることがうそのやうなる昼の月うかびてゐたり小寒に入る

こゝゝのわたを箸に掬ひて風音を聞いてゐるやう聞いてゐぬやう

ひとつふたつ飛びはじめたる風花が無数となりぬそのあつといふま

おほよそは八割方でいいのだらう　空に白梅のこし暮れゆく

強情なをさなごと対決するやうに文旦の厚き皮ぐぐつと剝く

雲おもくさむき磐越西線に駅弁ひらく落人のごと

ポスター「哀愁」

空間も時間もなくてからすうりぽつんと天地のひみつをこぼす

さきがけてはなみずきの葉が紅葉すそは天からの秋の斥候

螺旋階段くだりてふいに遇ひにけりバー壁面のポスター「哀愁」

水仙は凛《さむ》くかをりぬ垂直の系列としてわれに子と孫

職人の手技たしかな爪切りがてのひらにありほのと重たく

ことしまたみかんをのせて炬燵ありわれらふたりの初冬の構図

遥けきコロス

かろき靴履きて歩めばアッシジは春日のなかより近づいてくる

はるかなるアノニマス美《は》し大聖堂は今も聳ゆるシエナの空に

タオルミナの野外劇場の石階に坐れば聞こゆ遥けきコロス

店に飾る祝祭の仮面の金色が夕日に輝りぬリアルト橋の辺

日に透けるヴェネツィアンガラスの耳飾りカナルグランデの水面のごとく

アグリジェントの遺跡近くに咲きてゐきアーモンドの花あめにぬれつつ

百合科植物鹹湖のあたりに咲きゐしか複製『ベリー侯の時禱書』捲る

不思議を置きて

「じつとしてて」こどもの髪を切つてゐるこゑがきこゆる隣の庭より

鉛筆の芯とがらせむと削るとき「あつちやんあそぼ」とよぶこゑきこゆ

洗顔ムースにふはりと春が乗つてゐる光まぶしき朝のてのひら

神明社の境内の桜もつこりと団体行動のやうにうごかず

二月堂の細き坂道にさくら散る日のほとぼりのなほ残るなか

古梅園十六代当主の墨の話におのづからなる含蓄のあり

星の本、植物図鑑、地図帳と不思議を置きて身のほとり暮る

バスの来る方《はう》五人並んで見てをりぬお地蔵さんのごとくベンチに

竹やぶに伸び過ぎし筍五、六本うすく翳りて昼のしづけさ

青色《ブルーブラック》をスポイトに吸ふゆびさきの弾力ほのかゆふかげのなか

鍔広き麻の帽子とカンパニュラ買ひて風ひかる坂道帰る

六月の薄暮にひかるシャンパンの細かき気泡　いまたれか去《い》ぬ

日のにほひ

螢光灯の下に赤身の黒ずんで収賄罪のやうに鮪は

くもり日のあはき影ある駅ホームにスマホを操る人のかそけさ

炎昼に坂ころげゆく小石あり　他動的とはいたいたしけれ

電柱の影よこたはり海ちかき駅に二輛の電車待ちをり

夏雲の下に遠泳してをらむとほきあの日のわたしはいまも

パラソルの明るき影と歩みたりいもうととあゆむやうにうれしく

重き雨戸開けたる瞬時待ちてゐし夏の朝日がすべりこみたり

いま庭に剪りたる白き秋明菊に日のにほひありかすかにぬくく

こどもみこし子供の声に過ぎてゆく夏の終はりの団地の坂を

影のなき赤穂城址は風絶えてしんしんと真夏の日が溜まりをり

家並のふるき坂越《さごし》の町しづか「忠臣蔵」の酒蔵ありて

坂越の町に飲みし珈琲の澄みとほる味こそよけれ夏のおもひで

ヘアドライヤー

おのが重さ支へてひらく芍薬のしんかんとして白のかがやき

ヴィシソワーズ匙に掬へばわたくしのカレンダーひらり七月となる

スキャットがかすかに流れゐるやうな耳にすずしき桂の葉ずれ

ヘアドライヤーかければつねにわれを呼ぶ声がきこゆる誰のこゑならむ

地震に強い水道管に埋め替へる工事始まる何かゆゆしき

「緘」の字の代はりにムーミンシール貼れば入道雲があそびにくるよ

かなかなのこゑはこの世のわたくしの輪郭を須臾きはやかにする

オーデコロンの旧き香よどむごとくにて執念《しふね》き暑さはてなく続く

働かぬ眉ふたつ顔にあることを鏡に見をりけふは立秋

松花堂弁当食みつつ聞いてをり友の息子の家出のはなし

こはれない空

秋の日に白飯《しろいひ》炊けるにほひしてどこまで行つてもこはれない空

街灯も家のあかりも点りたり橙色に亡母をおもひつ

「笹寿し」の笹の香のこるゑ駅弁を食べをはるころ糸魚川は雨

角を曲がりてゆきたる人の右肩に秋日差しゐて明るかりけり

茱萸の実の渋みの残るくちびるに和毛《にこげ》のやうな風が触れたり

唐辛子の瞋《いか》り絶頂の赤色が風に吹かれて軒端にゆるる

主催者側、警察側の発表に人数の違ひつねにありたり

ゆふべの道に灯油のにほひ過りたりあなしづやかに冬が来てゐる

なんといふ遠さに雲はあるのだらう何からも解き放たれて白く

金沢は秋

五木寛之名づけしほそき「あかり坂」廓のにほひ沈みて日暮れ

浅野川の橋は秋日を反らしをりわたしがつねに帰りゆくところ

ぽつんぽつん灯の点る廓しんとして過去世のやうに靴音ひびく

雪吊りの縄の直線きりきりとさむきひかりの空を刻みぬ

「北陸にはめづらしく晴れた五日間」と言ひて妹と駅にわかれつ

ゆふぐれは裏の通りにはやく来て垣根の薔薇をうすあをくする

裏通りの花屋に秋があふれをりすすき、コスモス、吾亦紅、風

うら通りおもて通りとあゆみきてかすかにちがふ秋日の明度

九文七分

ソフト帽に九文七分の足袋の父が遠近法のはてに佇む

疎開の荷に雛飾りと蓄音機入れたる父よ　二十三回忌来る

楽しいことがなんにもない日に潜り込む炬燵はふくふく牡丹餅《ぼたもち》のやう

一月《いちぐわつ》の暦の若沖に支配されわが部屋ぞよぞよなまぐさきにほひ

薄氷《うすらひ》がジグソーパズルのやうに割れだれにでも死はたつた一回

冬のひぐれの机上にありし封筒の白の清冽　それからのこと

若き日に番組テーマ曲に選びたる「四季」の〈冬〉駅のホームに流る

白き木瓜のかたへに庭石あるばかり完結されてただに寂けし

「あ」といひぬ

高校生ら朝の鋪道を雪掻きすダビデのごとく息を吐きつつ

黒衣着てある日はベルト・モリゾなり旅の一日のやうにあゆみつ

桐箱の真綿のうへに紅白の長生殿*あり　金沢は雪

*金沢の菓子落雁

能登産のころ柿は朱すきとほりふるさとびとの息の緒しまふ

スーパーの透ける袋を提げてゆくなにいふとなく気恥かしくて

雨の降る川のにほひに包《くる》まれてふつとわたしが消えてしまひぬ

訪ひきたる若き巡査は防犯をやさしく説きぬ　さびしい午後だ

水平線に触るるとき陽が「あ」といひぬ冬がやうやく終はるころほひ

こどものじかん

真《ま》つ暗《くら》がなくなつてしまつたと思ひしにむかしのまつくらのあしおとがする

はつなつの小公園にぶらんこを漕ぎぬ透明なワンピース着て

春の日にスカートを縫ふ若き母シンガーミシンを踏みてゐし音

首飾りにつくりしぼんさん*赤ぼんさん杳《とほ》きわたしがくさはらあゆむ

*白詰草のこと

初花の夏椿咲けりありがたういちにちのみのいのちを褒める

いうびんうけの気持に手紙を待つてゐるなかよしだつたよつちやんからの

甘辛きどぢやうの蒲焼に夏は来て近江町市場に十本買ひぬ

入道雲に追ひかけられて砂利道をいつしやうけんめい走り、ころびぬ

ほんたうにノンちやんは雲に乗つたかしら　ただぼんやりと空を見てゐる

夏雲に出入りしてゐる鳥の見ゆ失くしたるものを探してゐるか

朝より両眼《め》を護つてきた瞼もうねむたいよおやすみなさい

濃き稜線につらなる山に向かひをりわたしを叱る父のこゑして

ゆみちゃんの顔を夕日があかく染め下駄隠しの下駄まだ見つからぬ

夜の海の水の重さのつたはりて掌《て》に亡きひとが乗つてゐるやうな

氏神さまの秋のおまつり拾円の紐つきハッカパイプを吸ひぬ

冬空にかがやく星の音がした積木で家をつくつてゐたら

巻貝のチョコレートパンを雨の日の放課後に買ひき　雨を視てゐる

筆に墨汁いっぱいつけてしんけんに書き初めをする。見て、「希望の年」

むらさきの小さな風車がささめくか鉢のヒヤシンスのかんさつ日記

校庭の隅の鉄棒が招《よ》んでゐる冬のつめたい鉄のにほひに

逆上がりに空が途中で止まりたり三回、四回まだまだ遠い

口あけて降りくる雪を受けとめつ乾坤にいまわたくしひとり

ふるさとの土手につくしを見つけたりをさなきわれに逢ひたるやうに

ハンケチ落としにおとしたものはなんでせう　きつとこどものじかんだつたの

桜餅にほふ

駅前の空に彩雲　すこしづついつもゐる人が遠くなりゆく

マニキュアをしてない若き指をもて包みくれたる桜餅にほふ

エンサイクロペディアは死語と老年の男らはなす昼の蕎麦屋に

茶を習ひ花を習ひてのほほんと花嫁修業といふ時間ありき

水中花ただたのめなく咲きてゐきあのころ鵺《ぬえ》をわれは知らずき

右脚が二センチ長いと言はれたりわたしの知らぬなぞなぞからだ

金網を窓に張りたる護送車がさくらの街を過ぎゆきにけり

春酣《たけ》て街ほのぼのと暖かしクマのプーサンのチョッキのやうに

空色の脚立が部屋の隅にありわれの上《のぼ》るをいつも待つがに

をやみなく散るはなびらを仰ぎをりずつと遠くに主語のなき空

あんずの花

五箇月間さむき玄関に咲きつづく蘭の大鉢は衛士のごとしも

夕焼けの眩むむらさきに染まりつつきのふの橋を渡り帰らむ

うすやみにあんずの花が咲いてゐる勾引《かどは》かされてきたかのやうに

鶯のこゑのみきこゆる午の坂ありてあらざるわたくし歩む

小児科の先生なりし人老いてシルバーカーを押しゆくを見つ

なつかしき人に会ふためミラショーンの若草色の傘さしてゆく

午後よりは急変するとの予報にてこころ構へて街に出で来つ

霧雨に傘さしゆけばいつしらに古き町並のやうなるこころ

夫の遺しし本を読むのが日課といふMは青き麦活けたる部屋に

生と死の間に老、病あることのふかき楔よ　梅雨が近づく

虹の下に明るく町の広がりて「じや、また」とたれか挨拶してゐむ

カフカ小路

プラハに買ひし石榴石《ガーネット》ゆびに廻しつつ光の窪んだバス停にをり

はなびらが帯なし流るる街川を親子が見てをりバギーカーとめて

どくだみの白花いちめんさざ波のやうに揺れをり稲妻ひかる

庭草が夏のひかりをそよがせてしづかに重さのない刻が満つ

ボヘミアンガラスの罅に触れてをりカフカ小路はいまごろは雨

展覧会のおもき図録をかかへつつ楝《あふち》の花の咲く道かへる

地に落ちしあんずの腐りゆく時間　天球はるか子午線ありて

貝母咲き宝鐸草《ほうちやくさう》さく朝庭をながめてをりぬ　どこへもゆかぬ

サンダルに赤きペディキュアの指が行くはつなつの空と拮抗するがに

解剖図

去年の夏なに着てゐしかおぼろにて他人のやうにわたしを探す

鋳物琺瑯大鍋に作るラタトゥイユ夏をわんさとたたき込みつつ

ラテン語に書かれし頭部の解剖図おごそかにして意匠のごとし

風わたる三国《みくに》の浜に壺焼きのさざえは縮む哲学的に

けふよりもあすが良くあるべしといふほんたうかしら　冬瓜を煮る

サプリメント、アンチェイジングの広告がＴＶに流る平和な午後だ

ジャンヌ・モローの口角下がりしくちびるのモノクロの艶いまにおもひつ

サンダルの形のままに日焼けせしわが足の甲　この夏をはる

加賀友禅

水を切りつぎつぎ飛びゆく石ひとつああありありとうごく時間みゆ

偉人のごと灯台白く立ちてゐき能登半島のきりぎしの記憶

吾亦紅をほつほつ宙に飛ばしめて端座してをりことしの秋が

畳に手をつきて挨拶するときに明治生まれの亡き母のこゑ

母の形見の加賀友禅の訪問着がわが脊梁となりし日ありき

電線のあはひに仲秋の名月が雲をひきつれいつしゆん見えつ

夕風にあらぬ方向になびく髪レゲエのリズムのやうに鬱悒《いぶせ》く

日本中に夜がころがるぎんなんも猫もわたしも黙したるいま

耳底にいまも列車の汽笛あり　ひとりの輪郭おぼろなれども

「ビフテキ」はさびしきことば日本の貧の時代がにほひてゐるも

江ノ電に乗りて江の島へゆきしこと息子は今も覚えてゐるや

帽子とりて道尋ねくる老人にたたずまひといふことば思ひつ

築地通ひ

魚河岸ににぼしかつぶしこぶ買ひに通ひていつしか四十余年

手になじむ包丁四本研ぎに出し研師の手技ほうと見てをり

歳月に生れたる昵懇「有次*」の研師とたがいに軽口たたく

*築地市場にある包丁専門店

象の鼻に似る海松《みる》貝をおそれつつ触るればふいにざわりとちぢむ

これやこの道南尾札部《おさつべ》*のこぶ買ひてわれはさながら昆布大尽

*北海道の昆布の産地

場内のイ棟のほそき通路ゆくリュック背負ひてぶつかりながら

新鮮な魚はなべてきはやかな形態たもちわれに迫り来

観光客ばかりが増えて売り上げはサッパリですと煮干し屋のおやぢ

灼くる陽の満つる広場を往き来するターレの間を走りて渡る

鉤に掛け大きな氷運びつつおらぶ男ら空気いきほふ

豆を商ふ店にむらさきの花豆がしづかにつよくひかりてゐたり

掌にのせてちりめんじやこのよしあしを市場の男は教へくれにき

油紙の袋に身欠き鰊入れ「まいど」と言ひし店すでになし

風に飛ぶ発泡スチロールの箱あまた築地市場にかはく音たつ

マジックシェフ

キッチンを改修してゐる職人の「水止めます」のおごそかなこゑ

ガス、水道止まりておのづとたのめなし五月のまひるひつそりとゐる

宅配ピザはじめてたのみ夏空のやうになんだかうきたつこころ

ドアのむかうタイル職人が息つめるごとくしづかにタイル張りをり

米国製オーブン「マジックシェフ」据ゑてキッチンは砦のごとくありにき

純白のマジックシェフは大きくて堂々とありき四十五年を

二・五キロのローストビーフを焼きにけり遥かなりしよクリスマス・イヴ

シュークリーム一度に二十八個焼き親友のごとくありにき　さらば

東京ガスの二人がガガガとオーブンを力まかせに剝がし取りたり

ひたすらにキッチンに立ちゐし若き日の調理器具捨つ、勢ひを捨つ

過剰なる人にやさしいが優先する最新仕様にとまどふしばし

美しきシステムキッチンに変はりしがああわたくしの若き日は消ゆ

蓴菜と青菜の浸しに一番出汁うましとおもふ　夏椿咲く

陶製の密閉容器に能登の塩入れてしづかな時間にゐたり

窓越しのいちやうわかばによばるるか珈琲の香りながれてゆきぬ

宸翰

竜飛崎にセーラー服のきよらかな美少女を見き　二十歳の夏

伏見天皇の宸翰を見たるたかぶりに美術館出づれば夕映えの街

能の足袋は生乾《なまかは》きのまま履くと言ひし関根祥六*のことば忘れず

＊観世流能楽師

通ひゐし小学校のなくなりて水陽炎となりたりわれは

人生まで伝染してくる感じせり　となりの男の煙草がにほふ

ふいにおんなじ洗濯終了メロディーが隣の家よりきこゆ　休日

百均に籠いつぱいの買物し千六百二十円払ふ　うれしも

ピンク帽子の老女自転車に坂くだるあれは隣の、あ、鈴木さん

梔子のつよきかをりのまとはりて薄暮にをればきのふは遠し

秋明菊とこきりこ節

籾を焼くしろき煙はゆるやかに屋敷林ある方に這ひゆく

薄日差す五箇山にしろき秋明菊ゆれをり過去世とうつつは融けて

萱葺きの屋根はするどき勾配に天と対きあふその温き黙

いろり辺に薬湯飲みつつ聴いてをりこきりこ節のとほき祖のこゑ

山霧が意志あるごとく湧く里に加賀藩流刑小屋は在りたり

加賀藩の流刑の小屋は武士《もののふ》のたましひ問ひつつ雨にしづもる

みぞそばのかたへゆくとき旅人のわれに影あり五箇山は秋

高岡の老舗に買ふ菓子「とこなつ」に越中国司の家持愛し

白く澄む秋の光のなかに食ふ氷見しろえびのかき揚げかろく

御堂関白記

青空に柿の実のみが点在し朱色のモダンアートを描く

銀杏の降りたまる道にをさなごがことんことんと三輪車漕ぐ

この今がたのしいとばかり鶺鴒がつつと走りぬ魚屋の前

秋晴れの日本海の水平線　簡明なるわかれひとつありたり

マフラーの深き緑を巻きてゆくわたくしを知る人のなき街を

秋日しづかに差し込む館に見てゐたり千年前の「御堂関白記」

たつぷりとまことゆたかなる墨痕よ藤原道長いかなる男

みどりごの足うらの感触のごとき日がわれにもありて　鰯雲あかね

亡き人が描きしガラス絵の乳母車すこしひかりて動く気配す

カシミアの黒のコートはいくたりの葬に会ひしか　冬が近づく

いまもなほ雪の立山連峰が壁にかかりぬ亡き義弟《おとうと》の部屋

レジに並ぶ前の男がシクラメンの鉢を持ちをりああ冬が来た

針金の人

ＩＴＯＹＡに戌歳のうすき手帳買ひ出づれば銀座は青きゆふぐれ

眠られぬ耳に朝刊くばるおと冬の未明がきはだちてくる

この日ごろ身に近きものの隠れたり　めがね、つめきり、電子辞書、われ

卓上の茶碗のお湯はすでに冷めおいてきぼりにされたるやうな

雁皮紙に散らす青墨の文字かすれ外はきのふとおなじゆふぐれ

こどもらが帰つてしまつた公園に水のやうなる夕日差しをり

内臓を消して風吹く街をゆくジャコメッティの針金の人

土曜日の黄昏

雪の日の夜明けのごとき静謐にモーブ色の口紅ぬりたくなりぬ

朝刊のにほひ、珈琲を挽くかをり、永遠にこの朝あると思はねど

味噌漉しにみそこしをればしづかなり海辺の町のひかりのやうに

弘前に買ひしあけびの蔓の籠二十年経つれば猫の気配す

青色のゼムクリップ古き椅子のうへこの世の大事の外の春昼

付箋の箇所貼り変へるたびなんとなく軽卒な告白してゐる心地

百均の店ゆつくりと見廻ればいぢらしきかな人のいとなみ

白い十字のドクダミ庭にはびこりぬ　きよくまづしくなんていつはり

ああわれに忘れた昔とわすれないむかしがあつて　水がにほふも

天井から下がるモビールの針金がゆれる　土曜日の黄昏のやう

はるかむかうの二重の虹にさそはれて虹のかるさに橋わたりゆく

わたくしの夜のうしろに不連続の連続ありて街とほくなる

みどりごのふぐりのやうな

汗ばんだをさなごの掌ににぎられてしをれた相撲取草ひとつ

なりすましのわれは小松菜の煮浸しを作り、消えたり。四月一日

半蔀より入る光暈のごとく在る旧き一冊に目守られてゐる

たんぽぽの絮毛がひかりにまぎれゆきくつたくのない時間がのこる

らんまんたる桜を活けてさびしけれ縁側にありし遅日はるけし

いつか行かういつか行かうと思ひしに細き裏道いつしか失せて

「バナナボート」のどすある声は貧しさの残るあのころのわれらに沁みき

雨が降つてゐるらしい朝しばらくをルビンの盃おもひてゐたり

樟の木を涼しき風が吹きてをり　なつかしきかな人生論は

枝豆の両端ハサミに切り落とす音こそすがしゆふべの水仕

みどりごのふぐりのやうな梅の実が葉の間《あひ》に見ゆああはしけやし

石狩湾

坂の街を下《くだ》りたる先に石狩湾「声の荒さよ」おもひ出でつも

二十五年前に買ひたる絵葉書の「雪あかりの路」に再び会ひつ

伊藤整文学碑に深く刻まれし「海の捨児」を読みぬ　かなしも

ゾーリンゲンの鋏にすぱり切りたしよ灰色ふかきこの曇天を

蜩はひぐらしの都合に鳴くものか　パンとサーカスうつつにありて

涼しいのかさびしいのかも分からなくなつて見てゐる遠くの花火

墓碑わきに石榴の花の朱輝りぬ　生前お逢ひしたのは一度

蟬声がわたしを縛るギザギザの感じにきつくあるいはゆるく

交差点に影つくりゐし大欅伐られてなつぞらは白雲ひとつ

雨上がりの歩道にしろきさるすべり散りしきてただ残余のおもひ

青葉の影すずしく地に触れてをり遠くに音信のなき人ひとり

黒葡萄

バナナの皮に黒き斑生れて無風なり数ふえてゆく熱中症の死者

電柱の影のなかにて信号を待ちをり三十六度のまひる

たちくらみ又も起これば頭の中に小鬼がかけつこしてゐるらしも

大き猫が庭をよぎりて消えにけり大暑のひるの音は断たれて

黒葡萄のつゆけき汁は滴りぬベックリン画集「死の島」のうへ

扇風機の風に新聞がかそかなる音たてなまなまとめくれてゐたり

老人パス見せて乗車をする人の指に眩しきネイルマニキュア

わが非在の夏もおなじく日の差して庭隅に蟻はうごきてをらむ

通行人A

「叱られて」くちずさみをればあはれあはれ記憶の中の人らやさしく

可愛がつてくれし近所のおねえさん不良だつたと後に聞きたり

通行人Aとして登場せし友よ美《は》しき老女となりてゐるべし

『學藝諸家――濱谷浩写真集』開く昭和の人間《ひと》の貌がみたくて

ゆくりなく聖上崩御のことば識る大正天皇の死の号外に

野放図にのびるあらくさは濁音の合唱のごとし秋暑の庭に

器械体操のことばなつかし　鉄棒に赤とんぼひとつふともとまりて

老酒すこし

何年前のことと聞くたびその時のわが年齢をひそかにおもふ

荒物屋の隣にありし貸本屋にヘップバーンの表紙の「スクリーン」借りき

K君とS君に逢ふ卒業後六十年経てみなとみらいに

小学校の卒業式の式次第見てをり　とほく暮れてゆく海

またいつかと言ひてわかれぬ円卓のグラスに老酒すこし残して

路地の塀にたてかけてある自転車にただ透明にふりそそぐ時間

ふくらめる鳩の胸線いきぐるしおもおもと溜まりゆくものあらむ

邃きより降る雨粒が窓打つを人の音せぬあかつきに見つ

団地の坂のベンチに坐る老人はうつつのなべてを放下せしごと

固定電話の使用率30パーセント固定電話にながばなしする

少女ふたり乗りきてはじける声に笑ふさながら杳きわれか　元気で

指はあたらし

王林にのこる歯型のあはあはしさながらけふのエスキスのやう

みかんのすぢ取りつつおもふ遠く住む歌劇《オペラ》オタクの九十歳の叔父を

二階より見る坂道はあたたかき冬日に照りてうごくものなし

手袋をせずに出で来し夜の街にいつぽんいつぽん指はあたらし

自販機に釣銭かがみて探すとき冬のひぐれのふいにさびしも

「シャコンヌ」にわれの過剰の失せゆきて手足がすこし軽くなりたり

片耳を枕に押しつけ聴いてゐる鼓動と鼓動のあはひの無音

風寒し　わが縄張りといふごとく道路予定地にねこじやらし揺れ

街川の橋に見てをり建設中のビルのとほくの冠雪の富士

虚を衝かれたり

さくらの幹が冬のしぐれに濡れてをり愕然とするばかりに黒く

雪山の青き稜線に囲まれてセメント工場のふかき沈黙

骨密度増したる実感なきままに梅にほふみち大股にゆく

すれちがふ束の間をさなごにこつとすおもはずわれは虚を衝かれたり

「合格しました」電話のこゑはもうすでに男の声ぞ凛々《りり》たる二月

一刷毛に描いたやうなほそき川薄暮のなかにしろくひかりぬ

「悠々と戯れてください」と書きくれし古き葉書に救はれてをり

コンビニのコピー機にコピーしてをれば晩年がふつと過りてゆきぬ

クローブのかをりのやうに暮れてゆく春まだあさきうすあゐの空

ノルウェージャズ

飛行船より降りたのかしら　蓬けたるすすきの原にわたくしひとり

うすぐもる空の下びの川の面を一瞬ひかりてよぎりたるもの

雨さむく降るひるつかた花のなき庭に向きをりうつそみは留守

日に照りて赤きカナメモチつやつやし妙に勘違ひしてゐるやうな

卵殻を伏せたる万年青《おもと》の鉢植ゑに冬日溜まるを見つつ過ぎゆく

焙烙に加賀の棒茶を焙ずればわが手いつしか亡き母の手ぞ

キッチンに水おと鍋の滾るおとそして童子《わらし》の隠るる無音

古いレシピにパリブレストを焼いてゐる　末期《まつご》のやうに空が青くて

あるときは石は祈りてをるならむよわきひかりの差す道の端

ノルウェージャズの海いろの音のさびしさに酔ひたり昼の駅前ライブ

をとゝひのあさつてのわれが歩みをり春の来むかふ街川の辺を

母子手帳　鏡の中にをさなごがあそびぬ春の雪はふりつつ

桃太郎の犬はいづこにゆきにしか　読みやりし日の明くかすみて

須臾のまの梢の揺れは飛び立ちしほほじろ一羽の体重のゆれ

みなとみらいに日本丸が帆を張りぬはるかとほくより来しもののごとく

あとがき

本集は『ぽんの不思議の』に続く私の第五歌集である。二〇一五年初夏から二〇一九年初夏までの約四年間の作品をおおよそ四季の循環に添って構成した。必ずしも制作年順ではない。

私はつづまるところ、「時間」を詠んでいる気がするのだが、特にここ数年、現在ただいまの時間に、突然、あるいはふっと過去が入り込み、共存したり、溶け合ったり、ある時などは未来さえ侵入してくるという、何か渾然とした時間感覚に浸ることが多い。そうした感覚から生まれた作品が最近はふえているような気がしている。

変化のはげしい現実社会の中で、日常の些末を詠みながら、その些末が邃いところに繋がってくれることを願ってはいるのだが……。

歌集名は「ポストの影あはく伸びたるコンビニまへ春の愁ひが溜まりてゐたり」に拠る。

「短歌人」の諸先輩や仲間からはいつも楽しく刺激を受けており、とても有難く思っています。

小池光氏には御多忙のところ第四歌集にひきつづきこの度も帯文を賜りました。衷心より感謝申し上げます。

御世話いただいた砂子屋書房の田村雅之様、有難う存じました。また装丁は『ぽんの不思議の』と同じく倉本修様に御世話になりました。有難うございました。

二〇一九年　初夏

小島熱子

著者略歴

小島熱子（こじま・あつこ）

二〇〇〇年　第一歌集『春の卵』上梓（第七回日本歌人クラブ新人賞受賞）
二〇〇六年　第二歌集『クレパスの線』上梓
二〇一〇年　「短歌人」第９回高瀬賞受賞
二〇一一年　第三歌集『りんご1/2個』上梓
二〇一五年　第四歌集『ぽんの不思議の』上梓（第44回泉鏡花記念金沢市民文学賞受賞）
二〇一六年　「短歌人」第61回短歌人賞受賞

「短歌人」同人、現代歌人協会会員、日本歌人クラブ会員

歌集　ポストの影

二〇一九年九月一六日初版発行

著　者　小島熱子
神奈川県横浜市栄区公田町四二四—二四（〒二四七—〇〇一四）

発行者　田村雅之

発行所　砂子屋書房
東京都千代田区内神田三—四—七（〒一〇一—〇〇四七）
電話　〇三—三二五六—四七〇八　振替　〇〇一三〇—二—九七六三一
URL http://www.sunagoya.com

組　版　はあどわあく

印　刷　長野印刷商工株式会社

製　本　渋谷文泉閣